W0356033

MUFLE

ERIC NEUHOFF

MUFLE

roman

ALBIN MICHEL

© Éditions Albin Michel, 2012

A You

Ce sont les dernières secondes de ma vie. Mon esprit vient d'être expédié en unité de soins intensifs. Plus rien n'existe. Je suis là, dans la salle de bains, après le dîner, son portable à la main. Je vois toutes ces années exploser en vol. Sur l'écran de son portable, s'imprime ce texto : *Thank you my darling for the most wonderful week-end of my life.* Je n'ai pas pu lire la suite. Je suis sorti de la salle de bains.

Charlotte avait oublié son téléphone à côté du lavabo. Elle rentrait de Londres, où elle était allée sous prétexte de vendre des bijoux anciens chez Sotheby's.

Il lui brandit l'appareil sous le nez. Son visage afficha la pire des incrédulités. Elle respira d'un coup, avec une sorte de soupir, comme si elle entrait dans une mer froide. D'abord elle nia. C'était elle qui se scandalisait. Sa défense ne tenait pas. Elle avait rédigé ces textos pour une amie madrilène qui ne parlait pas assez bien anglais. Elle se jeta sur lui pour s'emparer du téléphone. Elle balança l'appareil dans la poubelle. Elle voulut l'empêcher de le récupérer. La force qu'elle avait dans les bras était incroyable. Elle coinça le portable dans sa poche-revolver. Il n'allait pas se battre avec elle, si ? Cela lui parut la scène la plus irréelle de son existence. Il la repoussa avec violence contre une bibliothèque et partit en claquant la porte. Le trajet jusqu'à chez lui lui parut durer une seconde.

Il faillit appeler ses fils. Il faillit appeler son père. Il avait besoin de parler à quelqu'un, n'importe qui. Jean-Baptiste était sur messagerie. Il mit *Black and Blue* dans le lecteur de CD. Il resta planté là, immobile, pendant un temps qui lui sembla très long, en se disant qu'il n'y avait pas de pire sort que le sien. Il avait envie de se saouler. « Melody » était la plus belle chanson du monde.

On sonna à la porte. C'était Charlotte. Elle était en larmes. Elle lui tendait une main qu'il ne saisissait pas. Elle avait dû courir, car elle était essoufflée. Elle demanda s'il avait du champagne. À la deuxième bouteille, elle pleura pour de bon. Elle avait de trop grandes paupières. Elle pencha la tête en avant. Sa nuque était inchangée, avec un long creux au milieu. Ils s'allongèrent sur le canapé du salon. Le froid les réveilla en pleine nuit et ils allèrent se réfugier dans la chambre. Les Stones s'étaient tus depuis longtemps.

Le lendemain, il se souvint de tout, malgré l'alcool, malgré le chagrin. Cette nuit-là l'avait marqué au fer rouge. Il n'en parlerait à personne, pas même à Jean-Baptiste. Par-delà la stupeur, il songea d'emblée à sauver sa peau. Ça serait elle ou lui.

Par la suite, il se dit qu'il aurait dû garder son calme. Il avait eu tort de ne pas consulter toute la série des sms. L'histoire complète se serait déroulée sous ses yeux.

Voilà : c'était fait. Il voulait qu'on lui offre une occasion de haïr, une raison de maudire. Bingo.

C'était donc vrai. Il fut à la fois surpris et soulagé. Cela avait commencé avant le départ de Charlotte pour l'Angleterre. Il y avait quelque chose. Il n'aurait pas su dire quoi, mais il y avait quelque chose. Elle était lointaine, fuyante. Était-ce cette nouvelle manie qu'elle avait d'être injoignable en fin de journée ? Ça n'était peut-être rien. Peut-être que ça n'était rien. Il ne savait plus.

Elle avait, oui, annoncé qu'elle devait partir pour Londres ce week-end. Première nouvelle. Il y avait eu des signes avant-coureurs. Elle s'était mise à porter des robes. Sur le coup, il n'avait pas jugé ça alarmant.

Un amant. Elle avait un amant. Quel mot étrange. Nous ne sommes pas mariés. L'amant, c'était moi. De quoi avais-je l'air ? Ma maîtresse a un amant. La phrase sonnait comme du boulevard.

Quelle formule utiliser ? Charlotte est partie avec un type ? Pas tout à fait exact. Elle était là, elle était revenue. Charlotte a quelqu'un d'autre ? Trop chochotte.

Que dirait-il aux gens qui l'inviteraient à dîner ?

– Je viendrai seul. Pas de questions, s'il vous plaît.

Elle pleura. Elle s'excusa. Il vit sur ses traits une drôle d'expression, dont il n'aurait su dire si elle était de terreur ou de défi. Elle avait le visage de quelqu'un d'autre. Ils recouchèrent ensemble.

Est-ce qu'elle a pris ses précautions, au moins ? Je ne vais pas choper le sida, par-dessus le marché.

Il la fixa avec intensité, comme pour signifier « Allez, balance, c'est qui ? »

Ça n'était rien, ça n'était personne. C'était comme un fantôme.

Mais, Charlotte, les fantômes ne meurent pas, tu sais. Ils reviennent hanter les moindres bribes du passé. Ce type-là va être partout, maintenant.

– Tu sais pourquoi je t'en veux ? disait-il.

Parce que tu m'as donné envie d'aller voir ailleurs.

– Ça non ! Toi, ça serait par vengeance alors que moi j'ai fait ça par mégarde.

Elle avait toujours su parler, trouver des mots qui chantaient. Parfois, ses phrases ne voulaient rien dire. Portenawak.

Elle s'est endormie. La nuit, j'attends qu'elle prononce dans son sommeil un prénom qui ne serait pas le mien. Même ses légers ronflements ont quelque chose d'hostile. Elle a bougé. Elle va se réveiller. J'ai peur qu'elle ne me reconnaisse pas. Ça y est. Ses yeux me transpercent. Elle a sa figure bouffie, ces heures de sommeil qui s'évaporent lentement, son haleine grasse de femme infidèle. Les femmes qui vous trompent ne sentent plus pareil. Elles traînent après elles des relents d'arrière-cour, d'épluchures, de faux-semblants. Ses jambes remuent en un battement de crawl pour écarter les draps. Ce matin, elle ne me demande pas de lui préparer un cappuccino. *Quand même.*

Quand il pensait à elle, désormais, c'était toujours pour l'imaginer jambes en l'air, en train de pousser des râles de jouissance, ou alors à quatre pattes, les seins pendant comme des punching-balls, ses cheveux se balançant à chaque coup de boutoir. Il ne la voyait plus que nue, le visage tordu de plaisir, son corps élastique s'agitant comme un poisson sorti de l'eau. Il regrettait soudain tous les trucs qu'il n'avait pas osé lui faire. C'était fini. Ils recoucheraient ensemble, certains soirs propices et désenchantés, mais ça ne serait plus ça. À poil, avec un inconnu, les cuisses écartées : c'était comme ça qu'était Charlotte. Signes particuliers : se tape des milliardaires colombiens. Les Sud-Américains devaient avoir une queue énorme. Caramba. Ton gringo ne fait pas le poids, querida.

Elle jurait que ça n'avait pas été important. Elle ne savait pas ce qui l'avait prise. Le type était un financier gominé qu'elle avait rencontré à Saint-Tropez. Elle partait beaucoup trop en week-end.

Il fut faible. Il fut lâche. Il fit semblant de pardonner. Il se flattait d'être magnanime. C'était une blague. Il avait encore envie de la baiser, oui. Charlotte était sa prison. Il ne parvenait pas à s'en évader. Elle ne pourrait pas le tromper tant qu'il la tiendrait contre lui. À l'aide de caresses et de déclarations, elle essayait tant bien que mal de sauvegarder leur union, comme on regonfle un oreiller aplati. Il sentit fondre toutes ses résolutions.

La tristesse lui sautait à la gorge avec la vitesse d'un cobra. La raison lui disait que c'était cela, la réalité. Elle lui mentait. Elle continuait à lui mentir. Ça, il avait été heureux. C'était du passé. Donc ça n'existait plus.

Il mobilisa ses souvenirs, convoqua les moindres détails. Leur histoire se relisait à l'aide d'une drôle de loupe. En lui, le désir et la colère se livraient un combat à mains nues. Il revoyait un tas de choses qui leur étaient arrivées et pataugeait dans les déchets, la pourriture, les immondices. Devait-il se comporter à son tour comme une merde ? Fallait-il qu'il l'imite ? Il se torturait, se posait des questions à choix multiples. Il avait beau faire, la réponse était toujours la pire. Il était entouré d'un nuage de sueur et d'électricité. Sa tête bourdonnait. Il avait du mal à s'installer en plein réalisme.

La nuit, il y avait ces pics de douleur. Il se retenait de gémir. Une fièvre aride lui asséchait la gorge. Il se ramassait en chien de fusil. Il avait la sensation de trembler. Une guerre se déchaînait dans son ventre. L'angoisse s'insinuait dans ses veines comme une armée de Vietcongs rampant dans leurs souterrains. Charlotte à côté de lui : son odeur l'empêchait de dormir. La chambre à coucher était devenue une ménagerie. Il avait oublié l'haleine chevaline du matin. Qu'est-ce qu'il foutait là ? Il aurait dû disparaître, ne plus donner signe de vie, tirer un trait sur cette décharge publique. Ça n'était pas aussi simple. Il avait de plus en plus peur de se retrouver seul, de mourir comme un con dans une salle commune avec une infirmière revêche qui lui passerait le bassin. Il se laissait couler. Son corps blafard tombait à pic dans une sorte de néant. Il se réveillait en nage, en proie à une mousson intime. Le lit était une mare, un pédiluve. Quand il réussissait à dormir, c'était d'un sommeil pâteux. Il émergeait d'un sale rêve, faisait d'étranges cauchemars. Lui qui d'habitude ne s'en souvenait jamais, là il aurait pu en raconter les plus menus épisodes. Y figurait souvent sa mère morte. Il y avait des caves inondées, des maisons en ruine ; sa première femme apparaissait.

Il aimait l'appartement de Charlotte sous les toits, la petite terrasse carrée au bout de la cuisine, le plancher rugueux comme du bois d'épave, les plafonds en biais, le lit à baldaquin. Au mur, il y avait un grand miroir. Un tableau représentait un canal vénitien. Le canapé mesurait trois mètres. Et la vue. Quelle vue ! Le dôme des Invalides, la tour Eiffel qui cachait parfois sa tête dans la brume, les arbres aux longues branches. Été comme hiver, elle marchait pieds nus sur le parquet.

Peut-être que la fois où je t'ai trouvée la plus belle, c'était sur cette plage du Canadel, un week-end de fin août. Tu prenais une douche en plein air. Tu te shampouinais. Tu avais ton deux-pièces marron que tu avais acheté dans une boutique de la rue de Grenelle. Tu brossais tes cheveux en basculant la tête sur le côté. Je n'en revenais pas d'être avec cette fille-là. J'avais envie d'arrêter les baigneurs, de leur dire « Hé, les gars, vous avez vu ? Cette blonde est avec moi. »

Je ne te l'ai jamais dit, mais tous mes amis trouvaient que tu ressemblais à ma première femme. Antoine : « Elle me rappelle Hélène. » Benoît : « Ne me dis pas que tu n'avais pas remarqué. » Au début, pendant l'amour ou quand tu dormais, j'étais presque effrayé par cette ressemblance. Elle me ramenait vingt ans en arrière.

Je croyais te connaître par cœur. Je me fourrais le doigt dans l'œil.

Je me trompais tout le temps en t'offrant des vêtements. Tu allais les échanger, après.

Tu étais experte en éditions originales, en voyages à l'étranger, en baisers. Aux Jeux olympiques du baiser, je t'aurais attribué la plus haute marche. Mon athlète complète. T'embrasser, c'était du sport, un plongeon en apnée. Ta bouche gardait le goût de ce que tu avais mangé. Je me sentais abreuvé de ta salive. Tes baisers sentaient la nuit, les promesses, le vertige. Ils furent, ensuite, pleins de bave. Enfin, il n'y eut plus de baisers. Cela t'empêchait de respirer. Bon. Okay.

Tu étais noble, farouche, conquérante. Tu semblais voler de victoire en victoire. Tu t'endormais d'un coup et ton visage devenait soudain celui d'une autre. Ton long corps amolli, souple, plein. C'était un vrai corps. Je m'y noyais. Princesse déchue, déesse bafouée, étoile ternie. Beurk, beurk, beurk.

Tu vois, j'exhibe mes blessures de guerre. Dans quelques mois, je rirai de tout cela. Je le sais bien. Pourrais-je habiter une autre passion ?

J'ai envie de vomir, là, en récapitulant tout ça.

Demain, je la largue. Il n'y arrivait pas. Il essaierait de prendre un air fataliste. Mais il ne pouvait s'empêcher de parler de Charlotte à tout le monde.

Est-ce qu'elle était plus gentille qu'avant ? Son dévouement était presque envahissant. Elle l'étourdissait de promesses et de compliments. Leur entente était bien imitée. Elle feignait l'enthousiasme, élaborait des projets sans suite. Trop de tendresse, du zèle à la tonne. Ses phrases n'avaient plus d'écho en lui. Il lui faisait l'amour dans la chaleur, la tension et un début de pardon. Elle avait son air concentré. Il se sentait vidé. Pourquoi était-ce toujours lui qui faisait les travaux d'approche ?

Tout, chez elle, a soudain une odeur, ses cheveux, ses draps, son cou, ses vêtements. C'est la vieille odeur de l'adultère. Elle vous prend à la gorge. Il ne s'agit plus du parfum paisible, anodin, de la confiance. C'est une odeur tenace, violente, chafouine, une odeur qui n'ose pas dire son nom. Elle a un poids, une forme, un très sale goût, quelque chose de transpirant, de terriblement physique. Je peux garantir que je reconnais désormais cette odeur entre mille, sperme séché, pertes blanches, drôles de taches au fond de ses culottes. Avant, dans la salle de bains régnaient des effluves de shampoing à la lavande, de savons spéciaux. Voici maintenant le souffle du matin, les serviettes rances, les sentiments moisis, les poils incrustés au fond de la baignoire. Remugles de WC publics en sous-sol. Cette odeur imprègne tout. Même ses paroles n'ont plus le même sens. La perspective est brouillée.

Chaque fois qu'elle ouvrait la bouche, il était

obligé de sous-titrer ses phrases et cela disait exactement le contraire de ce qu'elle était en train de prononcer.

Il la regardait marcher dans la cuisine Je vais partir. Je vais me lever et m'en aller. Il en serait malade, mais c'était la solution. Il ne pouvait plus rien lui arriver de pur, d'heureux avec Charlotte.

Impossible de dormir. Sur le matelas, il formait un tas indistinct. Et le jour qui allait se lever. Une bouffée légèrement surie montait de ses aisselles. Je pue. Merde, je pue. Cela sent le terrier. Sur le dos, il contemplait la lumière laiteuse du plafond. La vie aurait cette couleur-là, maintenant, vaguement grise, un peu floue, inachevée. Dehors, une portière claque. La vie des autres commence. Un klaxon. L'impatience des vivants est déjà là. Lui, il voudrait mourir. Il voudrait qu'elle soit morte. Charlotte est allongée à ses côtés. Il écouta son souffle qui se ralentissait, son premier murmure. Elle se tourna vers lui. C'était une inconnue. Cette femme, il ne l'avait jamais vue auparavant. Elle ne se ressemblait plus. C'étaient les mêmes traits, les mêmes cheveux blonds, pourtant ça n'était pas elle. Quelque chose dans les yeux avait changé. Elle ne le regardait pas en face. Elle lui parlait de biais. Le froissement des draps faisait un bruit de linceul. Il allait prendre sa douche.

Charlotte avait un amant. Ça n'était pas la fin du monde. La phrase battait dans sa tête. Par instants, il parvenait à en sourire. À d'autres moments, une tenaille lui vrillait l'estomac. À genoux devant les chiottes, il n'arrivait pas à vomir. La douleur ne prend pas de vacances. Même de loin, elle tutoie.

Le type habite New York. Elle jure qu'elle ne le reverra plus. Mais oui, mais oui. Alors pourquoi s'enferme-t-elle dans les toilettes avec son portable ?

À cinquante ans, son cerveau n'était toujours pas équipé pour enregistrer des vérités pareilles. Il crevait de romantisme. Ses sentiments fermentaient sur pied, inutiles, sans personne pour les arroser. Il y eut quelques jours d'hébétude. À l'extérieur, il avait bien caché son jeu. Aucun mérite à cela. Qui s'aperçoit, hein, du désarroi des autres ? On le félicitait sur sa bonne mine.

Qu'est-ce qu'il lui restait ? Les verres Lalique de sa première femme. Le Macintosh que lui avait offert la seconde. De Charlotte, ce sac de voyage en cuir. Lui qui détestait partir, pour qui c'était toute une histoire d'aller jusqu'à Cannes ou à Locquirec. Ah si, il se souvenait d'autres cadeaux, des coussins et des boutons de manchettes.

Il y avait, oui, ses enfants. Il ne les voyait pas tant que ça. Ils avaient grandi, n'avaient plus besoin de lui. C'étaient des enfants du divorce. Il avait presque l'impression que ça n'était plus les siens. Ils s'engouffraient avec fracas dans leur propre avenir. Eux aussi découvriraient les espoirs fous, les serments silencieux, toutes ces panoplies qui font le brouillon des vies. Quand la sienne allait-elle être enfin au propre ?

Ici Londres. Elle roulait en Jaguar dans Belgravia. Elle visitait les cabinets de guerre de Churchill et jurait de ne plus boire que du Pol Roger. Chez Abercrombie, elle achetait dans l'obscurité des chemises en coton pour ses fils. Elle déambulait nue dans une chambre de palace. Elle se prélassait au lit avec un gros con plein de fric. Le room-service lui montait des cappuccinos. Elle restait des heures sous la douche. Elle se séchait les cheveux en les frottant énergiquement. Elle hésitait à voler le peignoir de l'hôtel. « Attends, darling, je lui envoie un texto pour lui dire que je suis obligée de rentrer plus tard que prévu. »

Je décidai de continuer à la voir. Je ferais le naïf. Je ferais l'indulgent. Il s'agissait d'une stratégie. Je voulais voir jusqu'où elle irait. Je voulais savoir ce que ça faisait d'être un con. J'étais certain que le résultat ne me plairait pas tellement. À Charlotte je dis que je me lançais dans un pari pascalien. Elle répondit que la chose me grandissait. Je l'observais comme dans un film. Charlotte me manquait même quand j'étais avec elle. Je guettais désespérément celle d'avant, cette Charlotte que j'avais fabriquée de mes songes, celle dont le regard ne se défilait pas, qui avait ce sourire direct, éclatant dès qu'elle posait ses yeux sur moi. Ses yeux-là, je ne les reverrais jamais. Je regretterais quelqu'un qui n'existait pas. Je ne serais pas le premier. Elle était entrée dans ma vie comme un cyclone. Elle en sortirait avec l'air d'un chien qui a volé un gigot, comme une tache qu'on nettoie d'un coup de serpillière.

Il vivait dans un perpétuel décalage horaire. Pendant des semaines, il avait fait du sous-l'eau, de la brasse coulée. La fatigue n'existait plus. Il dormait à peine, avalait n'importe quoi, perdait plusieurs kilos. La jalousie déployait ses machineries. Le doute le rongeait. La tristesse et la colère s'accumulaient en lui. Elle avait été son GPS. Voilà qu'il avait affaire à une boussole déglinguée. Elle lui disait : peut-être que je suis folle.

Elle ne s'en tirerait pas comme ça. Elle lui en avait fait trop voir en trop peu de temps. Une partie de lui-même était en train de mourir, un tout petit morceau d'enfance. Il ne croyait plus guère aux lendemains. Les siens seraient bâtards, impossibles, compromis. Allait-il ressembler à un vieux baiseur ? Il y avait dans son répertoire quelques numéros qu'il aurait pu appeler. Cette visiteuse médicale avec laquelle ils avaient dîné un soir, Jean-Baptiste et lui, et qui était venue boire de la vodka chez lui. Cette Toulousaine qu'il avait croisée à la Fnac rue de Rennes et qui s'était souvenue qu'ils allaient en bande le mardi soir au Bus Palladium, quand ils avaient vingt ans et quelques. C'étaient des hypothèses.

Il dormait chez elle. Était-ce la solution ? Les regrets étaient un luxe qu'il ne pouvait pas s'offrir. Seules les fois où ils faisaient l'amour réussissaient à l'apaiser. Il ne dormait jamais plus de deux heures d'affilée. Il se relevait, regardait des dvd sur l'écran de son ordinateur.

Il fut pris de panique. La solitude fonçait sur lui comme un quinze tonnes. Il suffisait de tenir la nuit, juste une malheureuse nuit. Les souvenirs s'agitaient comme des chauves-souris. Les larmes qui se coinçaient dans sa gorge l'empêchaient de respirer.

– C'est nul, ce que tu fais. C'est moche, Charlotte. C'est minable.

Elle ne répondait rien. Ça n'était pas son genre de se mettre dans la peau d'une coupable. Demander pardon, à la rigueur. Mais pas trente-six fois.

– Tu ne crois tout de même pas que je vais devenir docile !

La lucidité revint au galop. Très vite, il s'aperçut qu'elle s'enfermait dans la salle de bains avec son portable. Elle tirait le verrou derrière elle et mettait la radio à fond. Bah, voyons. Hé ho, vieux, tu vois bien que tu n'as plus ta place dans cette comédie ? Il lui fallait encore du temps, rien qu'un peu de temps.

Il s'engloutit dans le travail. Il s'abrutissait de contacts, de projets, acceptait tout ce qu'on lui proposait.

Au cinéma, il pensait à Charlotte. En lisant, il pensait à Charlotte. Au restaurant, il pensait à Charlotte. Avec Charlotte, il pensait encore à elle.

Il essayait de trouver ça grandiose et merveilleux. Mais qu'y a-t-il de beau à être piétiné par quelqu'un ?

Plus rien n'est simple, direct. Ses phrases sont des sables mouvants. Je ne la regarde plus, je la surveille.

La gêne n'était que de mon côté. J'aurais préféré qu'au moins elle soit réciproque. Mais non, elle dormait à poings fermés. Dans le noir, j'entendais sa respiration régulière. Aucun cauchemar ne venait troubler son sommeil. On me permettra de trouver cela injuste. Le remords n'existe pas.

Comment réussissait-elle à survivre en face de moi ? Elle aurait dû s'effondrer en sanglots, devenir une flaque. Tut, tut, pas du tout, elle plaisantait, ne comprenait pas, accusait le destin. Destin, mon cul, oui.

Moi, je faisais des rêves bizarres. Sur une falaise, Charlotte et moi tapions dans des fleurs blanches avec des clubs de golf. Le jeu consistait à expédier les pétales le plus loin possible. Il y avait des roses et des pivoines. Les pivoines partaient comme des balles. Les roses, elles, s'éparpillaient aussitôt. Une fille de Biarritz s'approchait et me disait : « Laisse tomber. » Elle me demandait si j'étais amoureux. D'elle ? Je me suis réveillé.

Au milieu de la nuit, je me levais et enfilais une robe de chambre. Il faisait froid. Je lisais une biographie illustrée de Romain Gary, des magazines américains qui traînaient dans le salon. Un journaliste avait interviewé Tom Ford nu. Je veux dire : nus, ils l'étaient tous les deux. Le type avouait qu'en s'asseyant sur le canapé dans le plus simple appareil il avait eu l'impression d'être un suppositoire italien. Je retournais me coucher. Charlotte grognait un peu, se tournait contre le mur. Je n'arrivais pas à trouver une position adéquate. Toutes les vingt minutes, je vérifiais l'heure sur le cadran du téléphone qui était en train de se recharger sur la table de nuit. Au moins, Charlotte ne l'avait pas éteint. Elle avait dû effacer les sms compromettants.

Je ne la quittais pas de l'œil. Ça n'était plus la même. Devant moi, une femme ressemblait à Charlotte, mais ça n'était pas elle. Je n'aurais pas su préciser en quoi elle était différente. Peut-être que c'était son sourire qui avait changé – plus aussi irréfutable qu'avant, quand elle irradiait de bonheur. Quelque chose d'absent, de contraint s'y était glissé. Sa façon de ne plus vraiment me regarder me contrariait. Qu'est-ce que je lui avais fait ? Je n'avais pas bougé, moi. Je restais désespérément celui d'avant. C'était une erreur de ma part.

– Ok, lui avais-je dit. Je choisis d'avoir tort.

Ses théories s'enchaînaient. Elle était très forte là-dedans. D'un mal surgirait un bien, l'avenir contredirait les malentendus du passé, et patali et patalaire. Quand je lui demandais des explications, elle se fermait comme une huître.

– Je n'ai pas envie de parler de ça.

Ça n'était jamais le moment.

Quand elle n'était pas avec lui, il se sentait mieux. Cet état ne durait pas. Très vite, il finissait par se demander ce qu'elle faisait, avec qui. Des images de corps emmêlés lui sautaient à la figure. Non, ne pas téléphoner. Il ne tenait pas longtemps, composait le numéro de Charlotte. À l'autre bout du fil, elle ne répondait pas. Il ne laissait pas de message. Qu'est-ce qu'il aurait pu dire qu'elle ne sache déjà ? Cela n'aurait fait qu'aggraver l'indifférence de Charlotte à son égard. Il échafaudait mille scénarios. Dans sa tête, les scènes revenaient en boucle.

Il ne fallait plus la revoir. À chaque fois, il fondait. Elle savait comment l'avoir. Pourquoi insistait-elle pour le retenir ? Quel jeu jouait-elle ? À chaque fois, il était déçu. Elle était fatiguée. Elle ne se sentait pas bien. Elle avait mal au crâne. Elle avait trop mangé. Ces chansons usées ne la décourageaient pas. Il tombait de plus en plus haut. Où cela allait-il s'arrêter ? Trop de questions se bousculaient. C'était donc ça, l'angoisse, la bonne vieille angoisse dont ils parlaient dans les livres ? Il n'avait jamais ressenti un truc pareil. Cette boule dans le ventre n'était pas une invention de romancier. La situation avait un avantage : il maigrissait à vue d'œil. À l'intérieur de son corps, des particules de détresse brûlaient les graisses, pulvérisaient les lipides. Charlotte, toujours futée, assurait qu'il pouvait la remercier. Elle songeait à faire breveter ce régime inédit. Elle essayait d'en rire, avec ce petit rire faux que vous avez quand vous prétendez avoir lu Proust en entier.

Il fit des choses pas bien. Un jour, il l'avait surprise sans qu'elle s'en doute en train de glisser un grand cahier rouge entre le matelas et le sommier. Il lut le journal intime qu'elle cachait sous son lit : il n'aurait pas dû. Le Colombien n'avait pas été le premier. À Venise, elle avait embrassé un type devant chaque église. Il renonça à calculer le nombre de baisers que cela représentait. Ce prince vénitien tenait un restaurant à la Salute. À Marrakech, un producteur de télévision l'avait invitée à partager sa suite de la Mamounia. Elle avait accompagné un banquier à Saint-Tropez pour la Nioulargue. En Turquie, un photographe lui avait demandé de poser pour lui. La suite était décrite en détail. À Delhi, elle avait dépucelé le fils d'un maharadjah. La chose s'était passée à même le marbre d'un palais. Il découvrit avec horreur qu'il ne la connaissait vraiment pas. Elle n'avait pas arrêté de le mener en bateau. Il en conçut une tristesse supplémentaire.

Quelle conne. De son écriture ronde et penchée, cette midinette avait recopié dans son carnet les textos qu'elle avait échangés avec le

Vénitien. Ils étaient sans ambiguïté. Il tomba aussi sur des dialogues qui devaient avoir eu lieu dans une gondole. Elle réclamait au chef italien de nouvelles recettes. C'était la meilleure, ça. Elle qui ne faisait jamais la cuisine. Le noble cuistot s'extasiait sur les mains de Charlotte, admirait ses longs pieds de conquérante. Pronto.

Il s'arrêta là. Ça lui suffisait. À aucun moment, il n'était question de lui. Coucher avec un homme par pays, tel semblait avoir été le but de Charlotte. Le tour du monde en quatre-vingts lits. Il remit en place le cahier relié façon carton à dessin et se jura de ne plus y toucher. Il en avait assez appris. Charlotte n'avait pas fait les choses à moitié. De son côté, s'il avait tenu un journal intime, il aurait inscrit sur la page de garde : « Merde à celle qui le lira. »

Il tint bon. Il ne dirait rien. Elle ne saurait jamais ce qu'il savait d'elle. Il décida de la surveiller comme le lait sur le feu. Il devint le spectateur de son propre malheur. C'était un choix judicieux. Elle lui avait tout caché. Il lui rendait la pareille. Le jeu se jouait en solitaire. Il n'y aurait qu'un gagnant.

Une fois de plus, il n'avait pas dormi de la nuit. Merde, je ne vais quand même pas me taper un petit infarctus ? Il avait froid. Il avait chaud. Le monde se perdait dans une gadoue. Lorsqu'il prenait une inspiration, il n'arrivait pas tout à fait au bout. Sa poitrine se soulevait, retombait d'un coup. Son cœur battait à un rythme étrange, saccadé, une sorte de rap incontrôlable. Son sang marinait dans ses veines. Il était sûrement en train de tourner, de prendre une horrible couleur marron. La dépression guettait – un tigre dans la jungle. Il était vulnérable, offert, craintif, la plus facile des proies. Jamais il ne s'était senti plus mal. Voilà l'horrible vérité. Il était à plat, usé jusqu'à la trame. Ses gestes étaient les mêmes, mais il n'attrapait plus rien. Ses pas ne le menaient nulle part. S'il s'était écouté, il ne serait plus sorti du tout. Il n'aurait plus quitté son lit, aurait dit à la femme de ménage de repasser un autre jour. Il n'aurait pas allumé la lumière, serait allé pisser dans le noir en se servant de son téléphone comme d'une torche aux piles faiblardes. Sa mémoire s'était mise à déconner. Une fois, lors d'une de ces discussions brouillonnes et méandreuses qui finalement ne servent à rien, il avait appelé Charlotte par le prénom de sa première femme. Quand il pensait à elle, souvent leurs prénoms se confondaient. Trop de mariages. Il se dit : « Cette femme ne m'aime pas. Elle ne m'aime plus. Est-ce que cette femme m'aimera à nouveau ? » L'amour est totalitaire. Quand j'aime, je suis Hitler. Pas de prisonniers. La route est jonchée de cadavres. Entre les draps, des bébés morts. Soudain, je suis la Stasi. J'écoute aux portes. Je marche sur la pointe des pieds. J'ouvre des tiroirs en douce. Il avait toujours détesté le mot « chatte ». Aujourd'hui, le terme lui venait spontanément à l'esprit. La chatte de Charlotte. Sa vieille chatte. Sa chatte ouverte à tous vents. Il devenait mauvais. Un démon le possédait. Stop. Son intimité profanée, fourbue par l'usage (langage noble).

Les trois mois qui suivirent peuvent compter parmi les pires de sa vie. Le temps traversait ses jours au ralenti. Les secondes se figeaient comme des grumeaux. Sa gueule dans la glace tous les matins : le même vieux quinquagénaire.

Vint l'automne. Elle choisit de fuir au bout du monde. Elle lui envoyait des cartes postales. Au Népal, elle discutait avec des rhinocéros, des éléphanteaux. Au téléphone, elle lui assurait que ces animaux la faisaient penser à lui. Tout la faisait penser à lui. Elle disait ça, qu'il lui manquait, tout le tralala. C'est ça. Ses appels avaient lieu à des heures impossibles. La ligne coupait. Plus de réseau. Quand il rappelait, soit cela sonnait dans le vide à l'infini, soit il tombait sur une voix exotique expliquant sûrement que votre correspondant n'était pas joignable.

Elle vidait ses valises. Elle lui avait rapporté un masque en fer-blanc censé représenter un soleil. Pendant son absence, il s'était fait couper les cheveux trop court. Elle le compara à un « nazillon tombé du nid ».

Elle lui déposa un baiser sur les lèvres mais il voyait bien qu'elle avait l'esprit ailleurs.

Entre eux, ça n'était plus ça. Ils s'évitaient admirablement. Leurs vies filaient un mauvais coton. Il observait Charlotte. Il restait toujours un peu de saleté dans son regard. Sur elle, l'adultère était aussi voyant qu'un bout de salade entre les dents. Sa gaîté, il la trouvait surjouée, excessive. Il pensait à l'autre. Avait-elle ri avec lui ? Ce bellâtre, ce rastaquouère avait su se la farcir, la tringler, se la taper, la bourrer, la toréer, la couper en deux, mais rire, est-ce qu'il avait réussi à la faire rire ? Il voyait les yeux des autres posés sur elle. Elle n'était plus à lui. Il ne croirait plus jamais qu'elle lui appartenait.

C'est le soir. En ce moment, elle est debout dans la salle de bains, en train de s'enduire de toutes ses crèmes. Son téléphone ? Où est son téléphone ? Elle l'a emporté avec elle. Pas bon, ça. Pas bon du tout. Il repensa à une vieille chanson de Julien Clerc, « Souffrir par toi n'est pas souffrir ». Il fallait le dire vite.

Tout à coup, elle se défaisait devant lui. Cela ne l'empêchait pas de continuer à la désirer. Il baisait avec l'ancienne Charlotte.

Quand il était chez lui et qu'il se sentait trop seul, il l'appelait. Il lui disait de le rejoindre d'une voix si pleine de colère rentrée qu'elle lui répondait :

– Je viens.

Leurs rapports étaient étranges. Elle ne le repoussait pas, non : elle l'ignorait avec une douceur mélancolique et résignée. Qu'est-ce qu'il fabrique dans mon lit ? Sa jambe se détachait de la sienne.

– Je n'ai jamais été la maîtresse de Jean.

Ils étaient couchés devant la télévision et Charlotte avait prononcé cette phrase au milieu d'un épisode de *Damages*.

– Pourquoi tu dis ça ?

– Parce que tu penses que j'ai couché avec la terre entière. Je ne voudrais pas que tu croies que j'ai été aussi la maîtresse de Jean.

Ce soir-là, il eut du mal à suivre les déboires de Glenn Close dans son cabinet d'avocats new-yorkais. Il se souvint que c'était Jean qui les avait présentés. Juin finissait. C'était dans un jardin du VIIIe arrondissement, derrière la place Beauvau. Il y avait cette grande bringue blonde. À un moment, elle avait dit que le ministre de l'Intérieur avait une peau sexy et personne n'y avait prêté attention. Il faut préciser qu'elle avait bu beaucoup de vodka. Pourquoi les avait-on placés côte à côte ? Les vacances n'avaient pas commencé, mais ses jambes étaient déjà bronzées. Sa jupe blanche faisait ressortir son hâle. Avant le dessert, il lui offrit une cigarette. Elle secoua la tête.

– J'ai arrêté.

– Il y a longtemps ?

– Onze ans, trois mois et une semaine.

Il l'avait regardée et avait posé sur la nappe son paquet de Winston.

– Vous voulez savoir pourquoi ?

– Dites.

Elle secoua encore la tête.

– Une autre fois.

Puis elle avala une croûte de fromage. Sa chemise Lacoste lui moulait le buste. Les bras étaient fermes, lisses, musclés. Tout cela devait être entretenu. Elle était venue avec une amie turque qui bassinait tout le monde avec l'entrée de son pays dans l'Europe. Que faisait-il là ? C'était un de ces dîners d'été où les invitations se lancent un peu n'importe comment. Il avait apporté un magnum de champagne chez ce Jean qu'il connaissait à peine. Jean s'était rasé le pubis à moitié. À table, il avait baissé son pantalon et chacun avait pu vérifier la chose. Cela lui était arrivé dans une chambre d'hôtel à Amsterdam. Une demoiselle tarifée lui tenait compagnie. Alcool et cocaïne, le cocktail poussa la jeune personne à badigeonner l'entrejambe de son client de mousse à raser. Elle s'était emparée d'un Gillette et avait entamé le travail. L'effort l'avait barbée à mi-chemin.

Jean était bien embêté. Que devait-il faire ? Terminer la besogne ? Attendre que les poils repoussent ? Et qu'allait-il raconter à sa femme ? s'inquiéta un des convives.

– Ça n'est pas pour ma femme que ça m'ennuie. C'est plutôt pour ma maîtresse.

– Tu n'auras qu'à dire à ta maîtresse que ta femme t'a filé des morbacs, suggéra un banquier suisse qui finançait une maison d'édition.

Il avait raccompagné Charlotte en taxi. Ils habitaient le même quartier. Elle descendit de la voiture en lançant « Adios, compañero ! »

Une nuit, il rêva qu'il enculait Tom Cruise. Ça n'allait plus du tout. Les cauchemars s'accumulaient au-dessus de sa tête comme des nuages qui ne voulaient pas crever. Cela se produisait par vagues. Il fallait s'abstenir de lutter. Cela passerait. Il avait la certitude que cela passerait. La chose lui était déjà arrivée avec sa première femme. Même scénario : les fins de journée où il n'était pas possible de la joindre (mais c'était au Moyen Âge, avant l'ère des portables), les week-ends de travail dans des capitales étrangères. Ne me dites pas que Charlotte est la réincarnation d'Hélène. Au secours.

La revoilà, cette vieille souffrance. Il la reconnaissait. Elle est chez elle. Elle revient ventre à terre. Pendant un moment, elle va faire la loi.

Regardez-le. Cinquante ans et quelques. Il est allongé sur le canapé, en chaussettes. Il repose son journal. Il se lève, se dirige vers le frigo et se prépare tristement un sandwich au jambon. Que faire ? Il n'allait pas défoncer le crâne de

Charlotte à coups de marteau. À la place, il regarde *Quoi ?* de Polanski en dvd parce que Sydne Rome ressemblait à Charlotte. Paris. Intérieur, soir. Début du troisième millénaire.

Elle se voulait maîtresse de la situation. Elle ne contrôlait plus rien du tout. Elle ne savait pas qu'il savait. Il en jouait, faisait le transi, la victime, l'innocent. Tu parles. Vas-y, continue à mentir. Le mensonge s'était installé entre eux. Il trônait dans la conversation comme un hippopotame au milieu du salon. C'était un hippopotame qu'elle feignait de ne pas remarquer. Un pachyderme ? Où ça ? Tu racontes n'importe quoi. Il se retenait de lui faire rentrer ses fables dans la gorge.

Allez, fous-toi de moi, je t'écoute. Un ricanement intérieur gagnait sa poitrine. Sombre gourde, je t'ai bien eue. Elle s'enfonçait, croyait avoir raflé la mise. Il était partagé entre la tentation de tout lui avouer, de lui balancer la vérité à la figure et la volonté d'attendre le moment propice. Il ne s'était jamais senti plus vivant. C'était un fait. Quand il poussait la porte de chez elle, une excitation subite le saisissait. Qu'est-ce qu'elle allait encore inventer ? Qu'allait-il encore découvrir ?

La pauvre. Beaucoup de ses histoires ne tenaient pas la route. Ses mensonges ne résistaient pas à l'examen, pas une seconde. Il ne mouftait pas. Il se disait qu'il apprenait quelque chose de la vie.

Charlotte. Je sais des choses terribles que tu as peut-être oubliées. Tu te crois très maligne, mais je suis plus fort que toi. Je me tais. Je t'observe et mon regard est glacé. Le corps réagit comme un corps d'homme, mais à l'intérieur c'est une banquise, un mirador. Je te vois. Je te scrute. Tu ne me la fais plus. Je te plains. Je me vide en toi. Je garde les yeux ouverts. Le spectacle est grotesque. C'est nous, ça ? Voilà que je deviens vulgaire.

Presque neuf heures. Elle n'est pas rentrée. Il est tard. Où est-elle ? À genoux devant son type pantalon sur les chevilles, sa tête allant et venant en cadence ? Nue sur le canapé qui fait face à son bureau ? Elle sonna avant d'ouvrir, dit « C'est moi » de cette voix enjouée qui cachait bien des mystères. Elle lui souriait. Spectacle horrible. Son sourire semblait sortir d'un film d'épouvante. Il se demanda à quel moment ses canines allaient pousser.

Il contemplait son profil à la dérobée. Merde, il ne pouvait pas s'empêcher de lui trouver toujours quelque chose. Il aurait préféré qu'elle devienne laide, amère, dégradée. Mais non, la duplicité lui réussissait. Elle ne se sentait certainement pas fautive. Elle se croyait tout permis. Queen bee. Elle était à gifler. Il perdait son temps.

Il est surprenant de voir à quel point il s'est leurré lui-même. Il a trop attendu. Ça n'est pas elle qui l'a trahi ; c'est lui qui s'est trompé. Il n'allait pas continuer à lui arracher en douce de vagues bouffées d'espoir. L'intimité entre eux ne serait plus jamais complète. Ils avaient évité les brosses à dents qui jouent au mikado dans leur gobelet, les vacances prévues de longue date. Le vaudeville ne leur avait pas été épargné.

Son propre étonnement le déçoit. Quand même, il aurait pu deviner. Il y avait eu tant de soupçons à avoir. L'évidence lui sautait maintenant au visage.

Bientôt, le désir appartiendrait au passé. Ils avaient eu plusieurs nuits d'adieu. Ils ne savaient jamais quel était celui qui ne tenait pas parole. Leur relation était déjà derrière eux. Nul n'avait besoin de leur faire un dessin. Elle a été ailleurs un peu plus de quarante-huit heures et tout est changé. Un opérateur malin avait modifié les éclairages.

Il n'y aurait plus que l'absence. Dans leur mémoire, ce souvenir aurait de moins en moins d'importance.

Pour l'instant, c'était une vie de merde. Il avançait dans de la vase. La lumière reviendrait. Ça serait sans Charlotte.

Je t'ai aimée, Charlotte. Est-ce que tu te rendras compte de ça ? Est-ce que ça te servira à quelque chose ?

Tu sais, je comprends qu'ils soient tous dingues de toi. À côté, les autres filles ne font pas le poids. Aucune ne t'arrive à la cheville. Tu entres quelque part et plus rien d'autre n'existe. C'est comme si la pièce, Paris t'appartenaient. Tu mettais cette ville sens dessus dessous.

Cela ne durerait pas. Tout cela s'évanouirait. Sa popularité baisserait. Son kilométrage la trahirait. Elle jetterait ses derniers feux. Elle avait intérêt à se dépêcher. Bientôt, elle serait quelque chose de risible et de hagard, une caricature de blondeur et de sensualité. Il y aurait d'autres filles, sur le marché, plus belles, plus fraîches, plus exubérantes. « Charlotte, ça a été quelque chose », soupireraient ceux qui l'avaient connue à sa grande époque. Adieu, championne.

Elle pouvait crever, tiens. Mais non, pourquoi disait-il ça ?

Il ne lui voulait pas de mal. Il lui souhaitait seulement de finir comme barmaid à temps partiel ou caissière dans un hypermarché de banlieue. Il espérait sincèrement qu'avec son bronzage artificiel, ses cheveux teints d'une étrange couleur blondasse, son maquillage de Faye Dunaway à la con, elle se retrouverait au bras d'un oligarque russe. Visonoff et Limousinski. Elle serait bientôt au creux de la vague. Elle se faisait vieille. Il n'avait jamais pensé à elle en ces termes. C'était sa faute. Il détestait la voir comme ça. Il doutait de l'avoir jamais eue. Elle irait là où les femmes de son âge ont du succès, avec des agents de change en pardessus de cachemire, des milliardaires faisandés ou des jeunes brokers en quête d'une maman pas si mal conservée. Tous ces gars-là lui tourneraient autour, lui offriraient des vacances à Moustique. Un peu de réalisme.

Et lui ? Il prendrait du bide. Des poils lui sortiraient des oreilles. Ses ongles de pieds deviendraient durs et jaunes comme du touron. Un second souffle ? Un troisième, un quatrième, voilà ce qu'il lui fallait. Dieu avait intérêt à être généreux. Il emmènerait aux Seychelles des filles beaucoup plus jeunes que lui, des filles qui n'auraient jamais entendu parler d'Alvin Lee ou de Joanna Shimkus. Il jouerait son va-tout. Si ça foirait, ça foirerait solidement, définitivement, quelque chose de bien. Il se préparait un avenir de regrets et de gueule de bois. Seigneur !

Pendant les années où elle avait été là, rien ne lui avait semblé un problème. Maintenant qu'elle l'avait trahi – les grands mots, tout de suite ! – c'est comme s'il lui manquait quelque chose. Il se sentait amputé, mais il n'aurait pu préciser de quoi. L'horizon était bancal.

Avant, ils se parlaient plusieurs fois par jour au téléphone. Ils s'appelaient pour des riens, trouvaient des prétextes dérisoires, des choses essentielles qu'ils avaient oublié de se dire, pour le simple plaisir d'entendre la voix de l'autre. Ça n'était pas un hasard si tout s'était effondré quand il n'avait plus réussi à la joindre, qu'il tombait tout le temps sur sa messagerie. Ils se livraient désormais à une intifada de sms. Elle le traitait de mufle, de petit Français de merde. Les insultes, de mieux en mieux. Elle lui faisait presque peur. Qui était cette sorcière ? Quel sort allait-elle encore lui jeter ?

Là-dessus, que des phrases gentilles, tout un tas de compliments. Elle l'appelait amore, sweetie, toutes ces conneries qu'on entend les gens se dire dans les feuilletons de l'après-midi. Elle faisait la douce, la contrite. Je t'aime, je t'aime. Elle l'a dit au moins une dizaine de fois en ponctuant la déclaration d'un baiser sur le front, sur les joues, sur la bouche. Les mots volaient dans la chambre. C'étaient des mots comme ça, des mots en l'air. Ils servaient à combler des vides. Tout, plutôt que le silence. Il se forçait à sourire. Elle avait sa voix grave, ses airs de bébé. C'était la moins innocente des créatures.

Ce week-end-là, le week-end londonien, il l'avait appelée cent fois. Il l'avait appelée mille fois. Rien : toujours son répondeur. Il venait de raccrocher et il avait déjà envie de rappeler. Une horrible certitude montait en lui. Là-bas, à Londres, elle soupirait à chaque sonnerie. Pff, c'est encore lui. Elle haussait les épaules, se tournait avec un pauvre sourire vers un bellâtre gominé. Désolée, darling. Il ne va pas me lâcher. Tu permets que je le prenne. Une fois, juste une fois.

Dans le noir, il écoutait ses anciens messages. Ils allaient s'effacer un par un. Il ne savait pas comment les conserver. Bientôt il ne lui resterait plus rien d'elle, pas même le son de sa voix. Sur le dernier, elle lui disait que chez Lenôtre ils avaient à nouveau le gâteau à la fraise dont il raffolait. Ça avait été une connerie de jeter ses lettres à la poubelle. Il avait fait ça un soir où il allait vraiment mal. Personne n'avait répondu à ses appels. Il avait failli aller dîner seul au restaurant d'en face.

Au début, quand il avait appris qu'ils étaient ensemble, Xavier qui la connaissait avait prévenu :

– Charlotte ? Celle-là, elle te jettera comme ça, psschitt.

Xavier avait fait une pichenette dans le vide. Pourquoi avait-il dit ça ? Est-ce que Xavier avait eu une aventure avec Charlotte ? Elle ne l'avait pas jeté : elle laissait la situation se gangrener, les asticots se faufiler dans les moindres recoins de leurs rapports.

C'était une vieille passion, une passion moribonde, inutile, une ruine de sentiments. Bientôt tout cela allait empester. Il faudrait briser avant. Question d'hygiène.

L'amour ? Prière de se munir de masques à gaz.

Les nuits se ressemblaient toutes. Il se tournait et se retournait comme dans un lit d'hôpital. Il se réveillait en nage. Le col de son tee-shirt était trempé. Les chiffres du réveil brillaient dans le noir. Il sentait le sang battre dans ses veines. Il n'arriverait pas à se rendormir tout de suite. Direction la cuisine. Il n'allumait pas la lumière. La porte du frigo s'ouvrait avec un bruit de succion. C'était dans sa vie ce qui se rapprochait le plus désormais d'un bruit de baiser.

Ç'aurait pu être un jour comme les autres. Devant la cage aux ourangs-outans, il décida de la quitter. Il pleuvait, ce samedi matin. Il plut toute la journée. La ville était noire, brillante. Tout était mouillé pour des siècles. En se réveillant, Charlotte voulut aller voir les singes au Jardin des Plantes. Elle était tombée sur une photo de chimpanzés dans un magazine.

On ne pouvait plus entrer par le quai. Il fallut poursuivre jusqu'à la grille principale, en face de la gare d'Austerlitz. Dans les allées, ils évitaient les flaques. Charlotte avait noué son écharpe sur la tête.

Dans leurs cages, les primates s'accrochaient aux branches, sautaient de corde en corde. L'un d'eux, le plus petit, se réfugia contre le flanc de celle qui devait être sa mère. Il contemplait les animaux avec toute la curiosité qu'il put rassembler. Charlotte observait tout avec malice. Son intérêt n'était pas feint.

Il a regardé Charlotte de profil et s'est dit que cela ne pouvait plus durer. Il n'a jamais compris pourquoi cette idée lui traversa l'esprit à ce moment-là. Il n'y avait aucune raison particulière, mais ce fut pour lui soudain une évidence. Elle était encore belle. Seulement, cette beauté ne signifiait plus rien. Le sortilège s'était dissipé. Toi Charlotte, moi King-Kong. L'amour est dur, Tarzan.

Elle prit son bras avec autorité et l'entraîna dans un chemin qui faisait une courbe. Ils se mirent à courir. La pluie tourbillonnait entre eux.

Ils terminèrent la visite par le pavillon aux reptiles. Il y régnait une chaleur moite. Les crocodiles étaient immobiles dans leur bassin. D'interminables boas glissaient lentement sur leurs rochers gris avec lesquels ils se confondaient presque. Il espéra que les vitres étaient solides. Un iguane était en train de muer. Il n'y avait que des espèces en voie de disparition.

Il n'a rien dit à Charlotte. Elle l'a déposé devant chez lui. Il se retourna et lui fit cadeau d'un petit sourire. Il l'a vue redémarrer. Elle a mis son clignotant au feu rouge et, quand il est passé au vert, son scooter a disparu du côté gauche. On va arrêter les frais, trésor. Démerden Sie.

L'après-midi, il alla rue des Écoles voir *La Vie de plaisir*, un vieux film avec Albert Préjean. C'était idiot et démodé. Exactement ce qu'il lui fallait. À la sortie, la pluie avait cessé.

La veille, il s'était rendu au funérarium du Père-Lachaise. On enterrait un vieil écrivain. Il revit là-bas des gens qu'il n'avait pas croisés depuis longtemps. Ils avaient tous pris un coup de vieux. Il songea qu'il devait leur produire le même effet. Un ministre serrait des mains. Durant la cérémonie, des adolescents avaient lu des passages tirés des livres écrits par leur grand-père. Il s'était attendu à ce qu'il y ait plus de monde que ça. À la fin, on avait joué un trio de Schubert. C'était la musique de *Barry Lyndon*.

Si quelqu'un lui avait annoncé : « Demain, vous allez rompre avec Charlotte », il ne l'aurait pas cru.

Depuis, il n'a plus que des souvenirs. Elle a rappelé. Il ne décrochait pas. Elle laissait des messages où elle disait qu'elle ne comprenait pas. C'était assez simple, pourtant. Il n'arrivait plus à être triste. Après quelques semaines, son téléphone est devenu silencieux. Elle ne donna plus signe de vie.

Petit à petit, tous les messages de Charlotte se sont effacés automatiquement. Certains soirs, il les écoutait un par un. La tentation, désormais, n'aurait plus de raison d'être.

Parfois il essayait de se remémorer la voix qu'elle avait. Il n'y parvenait pas toujours. Elle se perdait dans un brouillard. Qui ça ? Ah oui, Charlotte.

Sans lui, elle allait se noyer. Cette hypothèse ne le réconfortait même pas. Et si c'était lui qui coulait, hein ? Il avait à choisir entre un enfer et un autre. En la quittant, il apprenait la solitude, l'oxygène raréfié, les nuits sans saveur, l'alcool inutile. La maison qu'il croyait avoir construite lui tombait soudain sur le dos. L'avenir avait un goût de gravats.

Elle avait eu plusieurs enfants et gardait cette silhouette longiligne. Ses jambes surtout étaient une réussite. Les femmes le retenaient par les jambes. Le visage comptait, évidemment, mais des jambes minces constituaient ce qu'il y avait de plus rare. Il n'aurait jamais pu s'attacher à une fille aux poteaux cylindriques. Il lui fallait du fuselé, des attaches de précision.

Ils n'avaient pas eu de dîner d'adieu. Avec sa première femme, au moins, la chose s'était passée chez Prunier. En guise d'explication, elle lui avait assené : « Dis-toi que je suis une personne ignoble. » Cela avait le mérite d'être clair. En plus, il n'avait jamais particulièrement raffolé du caviar. Ça n'était pas cette scène qui allait y changer quoi que ce soit. Il aurait dû faire ça dans les formes, emmener Charlotte au Grand Véfour. C'est un restaurant qui interdit la mélancolie. Le sommelier leur aurait proposé un Vieux Télégraphe blanc. Le maître d'hôtel à la voix si grave leur aurait servi des cuisses de grenouille. Au dessert, ils n'auraient pas évité les tartes à l'artichaut. Charlotte aurait cité Sagan : « On ne sait jamais ce que le passé vous réserve. » Guy Martin serait venu leur parler des Rolling Stones. Ils auraient descendu la rue de Beaujolais, bras dessus bras dessous. En face de la Comédie-Française, ils auraient pris un taxi. L'idée de s'embrasser une dernière fois ne les aurait même pas effleurés. Rien de tout cela ne s'était produit.

Qu'avait-elle eu en tête ? Des rêves de boniche, des fantasmes puérils, des chimères de ménopausée. Elle allait, oui, se détériorer, devenir une pauvre chose flasque et ridée. Jean-Baptiste, qu'il avait fini par mettre au courant de ses déboires, lui avait dit avec indulgence : « Charlotte a toujours été une hystéro-loufdingue. »

La guérison fut lente, les premières semaines terribles. La nostalgie l'étranglait. Il s'épuiserait à se souvenir. Il se sentait glacé de l'intérieur. Son sang ne circulait plus. Un soir, ses résolutions s'évanouirent. Il courut jusqu'à la rue Vavin. Le bureau de Charlotte était là, dans une cour. Il n'avait pas le code. Téléphoner aurait été une erreur. Charlotte aurait deviné qu'il était dans les parages. Il attendait, vaguement caché entre deux voitures. Il voulait la surprendre. Elle sortirait au bras d'un homme, ils se sépareraient sur le trottoir. Le type l'embrasserait sur la bouche, lui passerait une main dans les cheveux en guise d'au revoir.

Il ne tenait pas en place. Il cherchait le meilleur poste d'observation. Il ne fallait pas que Charlotte le repère. Danger minime : ne pas oublier qu'elle était myope. À cet instant précis, le type devait être en train de la sauter sur le canapé vert qui était poussé contre une bibliothèque. Elle avait fermé les volets qui donnaient sur la petite cour pavée. Une crise cardiaque allait le terrasser. Les passants : Il est tombé d'un coup, monsieur l'agent, il était là depuis un moment, on aurait dit qu'il guettait quelque chose. Est-ce que Charlotte serait au courant ? Apprendrait-elle qu'il était mort à cinquante mètres d'elle ? Tu baisais et moi je mourais. Stop.

C'était la nuit, toujours la nuit. Elle n'en finissait pas. Il ne dormait pas. Il ne dormait plus jamais. Chez lui, il fixait les chiffres bleutés du réveil qui se reflétaient au plafond. Son cerveau marchait à 200 à l'heure. Charlotte, c'était vraiment n'importe quoi. Ni fait ni à faire. Que faisaient-ils ensemble ? Ils n'avaient rien à faire ensemble. Il rallumait. Il avait du mal à lire. Dans les films, il ne retenait qu'une image sur cinq. Il avait déjà ressenti ça auparavant. En un sens, cette histoire le rajeunissait. Avec sa première femme, le scénario s'était déroulé en gros de la même façon. Ces week-ends où elle était obligée de partir toute seule pour le travail, d'aller de toute urgence à Genève, à Monaco.

Mais qui travaille le dimanche à Monaco ? Cette distance soudaine, ces trous dans l'agenda, ce besoin de ne jamais se retrouver en tête-à-tête, de recevoir des amis à la moindre occasion, d'en rejoindre d'autres au restaurant. Du temps d'Hélène, il avait colonisé le canapé. Couché à côté de Charlotte, il regardait le plafond sans bouger. Il l'entendait soupirer, faire semblant de dormir. Dans son vrai sommeil, elle repoussait son bras quand il essayait de l'enlacer. Elle étouffait. Pourquoi rester couchés l'un contre l'autre ? Il se sentait de trop. Ce lit était surpeuplé. La couette pesait des tonnes. Avant, enchevêtrés dans les draps, leurs mouvements évoquaient ceux des nageurs dans les vagues. Leurs baisers avaient le goût de leurs dix-sept ans.

La douleur revenait, écœurante, glaciale, métallique. Elle avait quelque chose de blanc. À de brefs moments, elle restait diffuse, aux aguets, pour soudain planter ses griffes. Ce supplice n'était pas déplaisant. C'était comme frôler une carie avec le bout de la langue. Un brouillard aveuglant s'étendait devant ses yeux. Et puis, plus rien. Le noir complet.

Quel jour sommes-nous ? Il perdait la notion du temps. Il n'était qu'une charpie d'être humain. Les autres n'y voyaient que du feu. Il lui fallait pourtant s'équiper pour le monde extérieur. Avant de sortir, il se fabriquait une figure présentable.

Il y avait peu de chances qu'ils y retournent un jour. Les vacances à Cadaqués feraient partie des choses qu'il regretterait de son ancienne vie. Ils louaient une maison dans une crique à l'écart. Le jardin donnait directement sur une petite plage. Quelques marches et hop, on avait les pieds dans le sable. Des pins parasols jetaient des flaques d'ombre. L'endroit étant inaccessible par la route, les premiers baigneurs n'arrivaient que vers onze heures, midi. Il leur fallait emprunter un chemin de douaniers où ils se tordaient les chevilles.

Le matin, Charlotte et lui nageaient jusqu'aux bouées jaunes qui interdisaient l'anse aux bateaux. Au bord de l'eau, un chien aboyait en bondissant de droite à gauche. À qui appartenait-il ? Il n'y avait personne d'autre qu'eux. Charlotte avait des palmes. Ils faisaient la course. Il la laissait souvent gagner. Elle gardait ses lunettes de soleil en faisant le dos crawlé. Quand il y avait des vagues, elle buvait la tasse. Elle se séchait sur une grande serviette orange. Couchée sur le ventre, elle se plongeait dans les romans de Jane Austen. Après quelques minutes, elle frottait ses jambes pour enlever le sel. Elle bronzait très vite, ne prenait jamais de coups de soleil. C'était injuste. Elle refusait qu'il utilise sa crème sophistiquée pour le visage :

– C'est pour les femmes. Si tu en mets, ça va te faire pousser les seins.

Après, ils allaient au village lire les journaux à la terrasse d'un café. La presse française ne parlait que de l'affaire Woerth-Bettencourt. Charlotte essayait de décrypter les articles d'*El País*. Le catalan était selon elle beaucoup plus compliqué que le castillan. Une mini-Moke blanche immatriculée à Perpignan était toujours garée en double file. Sur la place, la statue de Dalí avait perdu sa canne. Cela ressemblait à un bel été.

– J'ai les joues comme des fesses de bébé, disait-il en sortant de chez le barbier qui vous rasait avec un coupe-chou.

Voilà. Il faudrait, oui, dire adieu à tout cela. Il dirait adieu à la tramontane qui les empêchait de prendre le Zodiac, aux feuilles d'eucalyptus jonchant la pelouse, aux calamars frits servis dans les chiringuitos, au ciel d'un bleu ininterrompu, à l'auvent de toile qui claquait dans les rafales, aux dîners chez cet éditeur français de Port Lligat qui avait connu Henri-François Rey. À l'Hostal, un Gitan blond jouait de la guitare. Charlotte dansait le flamenco et vidait cul sec des verres de tequila. Sur les tables, la cire fondue des bougies formait des montagnes qui dataient de la préhistoire. Les adolescents remplissaient les chambres, s'effondraient sur leurs lits. On les voyait foncer dans les rues en scooter. Un après-midi, ils s'amusèrent tous à se raser le crâne avec une tondeuse électrique. On aurait dit des bagnards. Des touffes de cheveux volaient partout. Les horaires n'étaient pas les mêmes. Une fois, l'un d'eux s'endormit avec son casque, assis sur le canapé du salon. Son ordinateur portable était ouvert sur ses genoux. Charlotte fit chut en se barrant les lèvres avec l'index et déposa l'appareil sur la table basse.

Un soir qu'ils prenaient l'apéritif à plusieurs, un sanglier traversa tranquillement le jardin dans l'obscurité qui tombait. Tout le monde crut avoir trop bu. L'animal s'arrêta, contempla l'assemblée et repartit de son pas nonchalant.

Où irait-il l'été prochain ? Tout seul, il était perdu. Les enfants étaient trop grands désormais pour avoir encore envie de l'accompagner. Ils le tanneraient pour qu'il les expédie dans un hôtel de Guétary, dans une île grecque où ils logeraient chez l'habitant, à Ibiza avec des copains. Il finirait par céder, tout en ayant horriblement peur qu'il ne leur arrive quelque chose. L'inquiétude le saisissait dès qu'ils étaient loin de lui. Il ne s'y habituerait jamais. De cela, il était sûr. À force, il ne lui en restait plus tellement, des certitudes.

Chez elle, il avait laissé le dvd des *Noces rebelles* qu'elle n'avait pas regardé. C'était un des films les plus tristes qu'il ait jamais vus. Ça serait bien que Charlotte y jette un œil, un de ces jours. Peut-être qu'elle penserait à lui. Peut-être qu'elle aurait des remords et qu'elle lui téléphonerait. Qu'est-ce qu'il ferait, si elle lui téléphonait ? La réponse lui faisait peur.

Il y avait eu tant de choses. Sa mémoire ne savait par où commencer. Longer la rue de Vaugirard lui rappela cette représentation du *Barbier de Séville* dans les jardins du Sénat. Charlotte avait pris des billets pour tout le monde. Ils avaient avalé des sandwiches en vitesse avant le spectacle. Il y avait un Lina's en face du Luxembourg. On leur avait servi du rosé dans des gobelets en plastique transparent. Quelqu'un complimenta Charlotte pour la finesse de ses jambes. Elle répondit qu'elle n'y était pour rien, qu'elle avait hérité ça de sa grand-mère. Le ciel menaçait, mais finalement il n'a pas plu.

Il habiterait un monde sans Charlotte. Il n'avait plus sa place dans cette comédie.

Il aurait du mal à retourner chez ce petit japonais de Saint-Germain-des-Prés où Charlotte buvait du saké au comptoir. Il n'oublierait pas la manie qu'elle avait de toujours changer la musique avant la fin du morceau, d'arriver aux dîners avec des heures de retard, la facilité avec laquelle dans les magasins elle réussissait à échanger des vêtements qu'elle avait portés au moins une fois. Elle revenait du Champ-de-Mars et l'herbe fraîchement coupée avait déteint sur ses tennis. Elle avait au bas du dos un creux qui faisait ventouse quand il y appuyait la paume. Sur le répondeur de son iPhone, sa voix traînait sur la liaison « Laissèrunmessage. » Elle criait « Allô ? » quand elle parlait à ses fils et qu'ils ne l'écoutaient pas. Elle aurait pu aller vivre au pôle Nord, élever des lamas dans la cordillère des Andes, marcher nue dans la neige au milieu des loups, écrire un livre dont l'héroïne serait une palombe.

Elle l'avait déçu. Il essaya de ne pas la mépriser. La tâche n'était pas aisée. Il s'était trompé sur son compte. Charlotte n'était pas unique. Elle n'était pas exceptionnelle. Il repenserait à tout ce que cela avait eu de sordide et de magique, à Charlotte et à sa beauté avariée.

Adieu à tout cela, oui. Et adieu aussi au bar du Ritz où il l'emmenait boire des cocktails de champagne à la fraise. Adieu à la compilation de Cat Stevens qu'elle passait en boucle lorsqu'ils s'étaient rencontrés, aux contrepèteries du *Canard enchaîné* qu'ils essayaient de deviner avant de s'endormir le mercredi soir. Tous ces mots de passe ne seraient plus de saison. Il avait perdu tous ses souvenirs. Il deviendrait analphabète. Avec qui réapprendrait-il le vocabulaire ?

Il la revoyait partout dans Paris. Il aurait fallu qu'il déménage. Charlotte était trop près, trop vivante. Son cadavre bougeait encore. En s'éloignant, il l'achèverait d'une balle dans la nuque. Il ferait ça froidement, lucidement, avec un goût de sang dans la bouche. Pas de circonstances atténuantes, messieurs les jurés.

Regardez-moi ce bordel. Quelqu'un pourrait-il bien lui dire ce qu'il foutait ? Combien de temps lui restait-il ? Il n'allait pas continuer à vivre comme ça. L'obscurité se dissiperait. L'angoisse disparaîtrait des écrans radar. Il bâfrerait de gigantesques tranches d'avenir. Il jura qu'il ne mettrait plus les pieds dans la sale industrie de l'amour.

Il voyagea. À Berlin, il s'ennuya. Il y avait plein d'Allemands et le zoo était en travaux. À New York, les couloirs de l'hôtel étaient recouverts d'un papier peint sur lequel étaient imprimés des dessins humoristiques du *New Yorker*. À Capri, une mouette s'était posée sur la piscine. À Barcelone, écrabouillé de solitude, il mangea des croque-monsieur à la mozzarella et à la truffe blanche. À Saint-Jean-de-Luz, il passa trois jours chez une milliardaire rousse qui faisait tout le temps la sieste. À Lamu, même les étoiles avaient l'air d'être étrangères. À Belgrade, les nouveaux riches sifflaient un cocktail Coca-Cola-champagne. Dans les rues, pas un Noir ni un Arabe. Encore des vacances de merde.

Il n'avait pas pris assez de photos d'elle. Il était obligé de faire confiance à ses souvenirs. Certains revenaient sans effort. D'autres, c'était plus difficile. Charlotte, par moments tu encombres ma mémoire. Sinon, il arrive que tu sois insaisissable. Je ne parviens pas à reconstituer tes traits. Ne me dites pas que je vais l'oublier pour de bon. Elle ne va pas s'effacer comme ces vieux polaroïds, si ? Cette fille avait failli m'éviscérer. Je me prenais les pieds dans mes propres tripes.

Nous nous serons croisés, frôlés. Nous nous serons perdus. Nous n'aurons rien partagé, dans le fond. Deux ans, qu'est-ce que c'est ? Un souffle, une éternité, un malentendu.

Crois-tu que je retournerai au café de la rue de Verneuil ? Me reverra-t-on au Bistrot de Paris où tu commandais toujours leur tarte au citron ? Je n'irai plus à la Ferme Saint-Simon. Tu ne manquais jamais leur salade de homard. Tu mélangeais tout dans ton assiette, l'entrée, la viande, le cantal. Il n'y avait pas d'ordre. Tu étais mince et droite comme un point d'exclamation et pourtant tu avais un appétit d'ogre. Avec toi, le plateau de fromages se volatilisait en quelques minutes. Tu n'étais pas très gâteaux. Tu avais tes expressions. Tu disais : « Une délicieuse petite salade. » Tu disais, lorsque tu avais quelque chose à me reprocher, une bricole qui ne passait pas : « Sois un gentleman. » Variante : « Be a gent. » Cela va être difficile, dear. Quand tu étais en colère, tu laissais sur mon téléphone des messages qui se terminaient par « Bye ». C'était une syllabe sèche, pincée. Bye. L'humeur n'était pas au beau fixe.

Au petit déjeuner, tu croquais des petits pains suédois durs comme de la pierre ponce. Tu prétendais ne jamais porter de parfum, te frictionnner seulement avec des feuilles de menthe qui poussaient sur ta terrasse. C'était fantasque et poétique. L'âge adulte demeurait pour toi une contrée interdite.

Tu conduisais comme une folle. Tu brûlais les feux, mordais les lignes blanches, pulvérisais les limitations de vitesse. Un de mes amis faisait sauter tes PV.

Je ne t'oublie pas, Charlotte. Je prends mes distances. Je ne te connais plus. Tu étais vrombissante, originale, inclassable. Tu te servais de ta beauté avec violence. Beaucoup devaient te prendre pour une emmerdeuse. Tu faisais bouger les jours. Avec toi, aucun ne durait vingt-quatre heures. Tu inventais la vie. Tu enchantais le quotidien. La banalité, tu la piétinais. C'était cela qui m'avait séduit chez toi. Le rythme était usant. Il y avait ton physique. Dans la rue, les hommes se retournaient sur ton passage. Quand tu arrivais après moi au restaurant, je voyais leur tête se dévisser à cause de toi. J'ai encore dans l'oreille le ton péremptoire avec lequel tu disais : « Mon verre est vide. » C'était sans appel.

Nous n'avons pas tellement voyagé ensemble. Il y a bien eu ce week-end à Biarritz, le dîner au bar Jean. Des filles déguisées en lapins étaient en train d'enterrer leur vie de garçonnes et tu es allée leur dire de ne pas se marier, de ne pas faire cette bêtise. Elles rigolaient. De quoi te mêlais-tu ? Nous avions bu du Ribera del Duero, repris trois fois du manchego. L'hôtel donnait sur le Port-Vieux. Les vagues étaient si fortes qu'il était impossible de se baigner.

J'aurais aimé aller à Londres, à New York, à Venise avec toi. C'étaient désormais des cités interdites. Tu y avais vécu. Je ne te posais pas de questions sur le passé.

De temps en temps, je me levais avant toi. Ta tête était enfouie sous les draps. Tu avais posé un foulard sur tes yeux pour ne pas être gênée par la lumière du jour. Je marchais sur la pointe des pieds. Dans la cuisine, je me préparais un thé. Je préfère le café, mais la machine aurait fait trop de bruit. La bouilloire fumait comme un vieux colt. Tu tenais à ton sommeil plus qu'à tout au monde. On en plaisantait. Je tirais les rideaux. Cela te réveillait. Un visage souriait, sous les cheveux emmêlés. Tu te redressais sur les oreillers, aplatissais le drap.

Tu aimais le folklore arabe, les chansons sud-américaines. Je te regardais danser sur ces rengaines. Tu dansais bien, avec souplesse et imagination. Tes genoux brillaient. Tu étais pieds nus, naturellement. Ce sont des musiques que je ne peux plus écouter. Tout un pan de ma discothèque est caduc, piégé, défendu. C'est cela, l'absence. Des restaurants où l'on ne va plus, des rues qu'on évite d'emprunter, des films qu'on essaie de ne pas revoir. Quel est le premier film que nous avons vu ensemble ? Était-ce ce mauvais Sydney Pollack dont le titre m'échappe ? C'était à La Pagode, Sean Penn jouait un interprète. Tu me tenais la main dans le noir. Dès que les néons s'éteignaient, tes doigts se mélangeaient aux miens. Tu as eu ce geste jusqu'au bout. Depuis, quelque chose me manque quand je vais au cinéma. Tu arrivais en retard. Je laissais ton ticket à la caisse et je te faisais signe dans la pénombre. Je choisissais des places au bord de l'allée.

Tu relevais tes lunettes sur ton front. Tu approchais le téléphone de tes yeux comme font les myopes. Je restais immobile pour te regarder. Je commence à ne plus te voir. Tes traits s'effacent. Je te perds. Je ne t'oublie pas. J'essaie de raboter la rancune qui monte en moi.

Allez, Charlotte. Sois là. Sois bien. Sois toi.

À la fin, le mensonge te sculptait un visage différent.

Les nuits s'allongeaient. Les cauchemars s'espaçaient. Bientôt, il ne se souvint plus de quoi il avait rêvé. Il était en manque d'elle. S'il avait été fait différemment, il se serait offert une putain. Il l'aurait affublée d'une perruque blonde et lui aurait dit : « Tu t'appelles Charlotte. » Il lui aurait demandé d'imiter son souffle court, ses gestes impatients, sa façon de rejeter les draps avec des coups de pied excédés.

D'elle, il n'aurait jamais su grand-chose. Quelle a été sa première voiture ? Quand a-t-elle donné son premier baiser ? (Ça, elle le lui avait dit : dans une boîte de Noirmoutier, à dix-sept ans.) Quelles avaient été ses souffrances ? Les malheurs semblaient glisser sur elle comme la pluie sur une vitre de TGV. Il avait appris sur elle des détails qu'il pensait être le seul à connaître : qu'elle mettait des glaçons dans son bordeaux, que la mort de son basset hound l'avait laissée inconsolable, qu'elle avait un rire qui explosait comme un ballon d'enfant, une fine cicatrice sur un genou. Lequel ? Il ne pouvait plus le dire.

Sa silhouette se perdait dans une brume de tristesse et de nostalgie. Charlotte est une femme à catastrophes. Son premier mari s'est noyé au large de Porquerolles. Le deuxième est atteint d'un cancer incurable. Finalement, il ne s'en tirait pas si mal. Quelques bobos à l'âme. Ne pas réquisitionner le Samu, svp. La vodka suffira.

J'ai eu raison. Il était temps. Ses rides allaient me dégoûter. Je remarquerais de plus en plus les creux de cellulite à l'intérieur de ses cuisses. Ça ne serait pas joli à voir. Son maquillage

– trop de noir autour des yeux – finirait par m'écœurer. C'était donc elle, cette vieille peau. Elle qui m'avait paru si lisse, fraîche, pimpante. Quel couillon j'avais fait. Sa trahison me forçait à la considérer telle quelle. Je n'en demandais pas tant. Deux images se superposeraient, la Charlotte d'avant et celle que je scrutais au laser. Ce pli autour des lèvres, existait-il déjà ? Et son grain de beauté sur la joue, n'était-ce pas plutôt un kyste ? Bientôt, des poils rigides comme du fil à pêche pousseraient dessus. La peau de son ventre se froisserait comme du papier kraft. Quant à cette ligne bleue derrière le mollet, voilà bien une future varice. De fines courbes mettraient de plus en plus ses rotules entre guillemets. La rondeur de sa hanche se confondrait avec un bourrelet. Il se la représenterait découpée en morceaux comme une vache sur les affiches de boucher.

Je n'avais jamais osé lui demander si par hasard elle n'avait pas le nez refait. Ces deux petits trous en prise de courant avaient quelque chose de bizarre. En plus, elle avait une narine plus grande que l'autre.

Charlotte : ses colliers mexicains avec des têtes de mort, ses sandales de cuir entassées dans un panier, les grandes serviettes blanches profondes comme de la moquette des années soixante qu'elle mettait à sécher sur le radiateur. Pour que je reste dormir chez elle, elle m'avait acheté des rasoirs et du vétiver que ses fils me piquaient.

En voiture, quand quelqu'un lui faisait une queue de poisson, son juron favori était « Puta Madre ». Sur sa tombe, elle voulait qu'on grave comme épitaphe : « J'en ai vu d'autres. »

Ses talons claquaient sur les trottoirs, résonnaient dans le noir. Il aurait reconnu son pas à des kilomètres, les yeux fermés. Tiens, voilà Charlotte.

Elle avait manqué de loyauté. C'était idiot. Leur histoire s'était transformée en une charogne de sentiments corrompus. Bye Charlotte. Mon meilleur souvenir.

Comment faire ? Elle était difficile à remplacer. Elle prenait du volume. Charlotte était un pluriel à elle toute seule. Avec elle, cela tanguait. On n'avait pas le temps de s'assoupir. Il fallait qu'elle ait la vedette. Pour cela, elle arborait une jeunesse absurde. Qu'est-ce qu'elle allait encore inventer ? Avec qui allait-elle se disputer à table ?

Le nombre de dîners qu'elle avait gâchés. Combien de ses voisins avait-elle agressés ? Elle entrait dans la pièce et l'atmosphère changeait. Elle faisait tout pour. Il lui fallait du bruit, de la musique, de l'alcool et des tempêtes. J'avais été servi. Elle criait « Où sont les bouteilles ? Où sont les toros ? » Quand on vivait à côté d'elle, chaque année en valait sept. On devait compter en calendrier pour chiens. Elle fouettait l'instant. L'imprévu était sa résidence secondaire. Elle ne croyait pas à la prudence. Elle fuyait le raisonnable. Elle avait un appétit de requin-marteau. Elle ne se rendait jamais. Elle voulait diriger les opérations. C'était miss Patton, Gengis Khan au féminin. Cela l'avait séduit. Maintenant, il en faisait les frais. Une tornade de tristesse s'abattit sur lui.

Avais-je bien vécu ce que j'avais vécu ? N'avais-je pas rêvé, dans le fond ?

Il croyait sans doute que tout cela était normal. Le jour où elle lui présenta la note, il mordit la poussière. La mesure du temps était déréglée. Avec Charlotte, vos pires appréhensions finissaient toujours par se concrétiser.

Un avenir de glace s'étendait devant lui. Il avait envie de se battre. Il bousculerait un inconnu, ne s'excuserait pas. Le ton monterait, s'envenimerait. Les coups partiraient. Il serait le premier à frapper. Ça serait sûrement lui qui se retrouverait au sol, les lèvres fendues, essuyant le sang d'un revers de main. L'autre type serait sur ses gardes. Désolé, mon vieux, vous n'y êtes pour rien.

Ses fils grandissaient loin de lui. Leurs études étaient brinquebalantes. Il continuait à les apercevoir le week-end. Ils vidaient le frigo, laissaient partout des cartons de pizzas, des emballages de McDonald's. Il leur déposait leur argent de poche sur la table basse. De temps en temps, ils réussissaient à dîner ensemble au restaurant d'en face. C'était l'âge bête, où le mot « moule » sur le menu suffisait à les faire pouffer. L'aîné, casque sur les oreilles, hochait la tête en mesure sur une musique qu'il était seul à entendre.

Ils ne pouvaient même plus lui voler ses vêtements : trop petits pour eux. C'était insensé, la vitesse à laquelle tout cela allait. Un jour, votre femme vous appelait dans un bar pour vous dire que vous aviez un fils. Au verre suivant, il avait déjà son bac.

Quand ils venaient, il se demandait s'ils percevaient son malaise. Il n'a jamais su ce qu'ils pensaient de Charlotte, au fond.

Il regardait les murs de son appartement. C'est Charlotte qui s'était occupée des travaux. Elle avait tout un tas de combines avec les entrepreneurs. Il fallait la voir secouer les ouvriers. Elle avait choisi d'abattre des cloisons, changeait les pièces de place. La salle de bains est devenue une cuisine. La chambre, c'est le salon. Le lit est dans l'entrée. C'est bien.

Un jour, elle avait failli foutre en l'air un mur porteur. Pas obligé d'en faire un symbole.

Jusque-là, il n'a pas revu Charlotte. Il a été très ferme là-dessus.

Il regrettait un peu la maladresse des premières fois, quand les gestes ont cette intensité qu'ils ne retrouveront jamais. Par la suite, il n'y aurait plus cette innocence, cette fébrilité. Sonner à l'interphone où elle avait son nom de jeune fille, grimper les escaliers quatre à quatre parce que l'ascenseur était tout le temps en panne et arriver essoufflé à la porte, ces habitudes appartiendraient au passé. Il revoyait ses dessous qui n'étaient jamais de la même couleur, tout ce tas de mystérieux petits pots de crèmes, de flacons de parfum, de tubes d'onguent qui s'alignaient sur les étagères de sa salle de bains. La vie, et tout.

Des semaines s'étaient succédé. C'étaient des semaines de perte et d'égarement, de leurres et de faux espoirs. La vie coulait comme une pierre. Quelle trouillarde. Charlotte n'avait pas osé l'aimer vraiment. Elle n'avait pas eu le courage de miser sur un numéro plein. Tu croyais quoi ? Que tu allais continuer à mener ta double vie pépère, hein, avec un couillon bienveillant qui aurait été moi ? Désolé, wrong person. Tu t'imaginais sans doute que j'allais consacrer le restant de mes jours à me lamenter sur mon sort, que mon activité principale consisterait à te regretter ? Petite conne, j'ai survécu à un accident de montagne, à la mort de ma mère, à des décennies de Paris. Ce ne sont pas des cuisses légères qui me démoliront. Il en faut davantage pour me mettre sur le flanc. J'ai, je le concède, un peu exagéré l'abandon et le désespoir. Ça ne me déplaisait pas d'en rajouter. J'écoutais les mots qui sortaient de ma bouche et je doutais qu'ils fussent de moi. C'était comme si je regardais un film dont le scénariste n'y serait pas allé de main morte avec les dialogues. Quel effet produisaient sur toi mes jérémiades ? Je faisais le fragile, le perdu, l'hébété. L'homme blessé, c'était moi. KO debout. En moi, un arbitre comptait les points. Je me relevais toujours avant le chiffre 10. Suicidaire, tu l'étais. Maintenant, je te vois comme les autres te voyaient. Cette folle de Charlotte. Tu fonces dans le mur. Tes foucades de petite fille ont quelque chose d'indécent. Tes aventures t'ont catapultée dans la liste des personnes ordinaires.

Il s'en remettrait. Elle trouverait ça vexant. Il s'était très bien passé d'elle pendant des années. À qui irait-elle proposer ses charmes endommagés ? Il la laisserait à ses fakirs, à ses pizzaiolos, à ses derviches tourneurs, à ses mariachis. Qu'elle parte avec ses danseurs de tango, ses narcotrafiquants, ses banquiers suisses, ses puceaux hindous. Il ne deviendrait pas un clochard de l'amour. Il s'épargnerait les supplices du doute, de l'attente et du dédain. Tout cela appartiendrait très vite à un autre monde. Il aurait des plaisirs, des suprises, des ennuis. Il remarquerait les rues, les piétons, les autos. Les soirs seraient denses, bleus. Charlotte ? Il n'avait rien fait d'autre que la rêver. Ses cinquante-cinq kilos n'existaient pas. Il avait déjà oublié son code. Il ne se réveillerait plus avec en face de lui une poupée au sourire factice, au regard las, pas net, incertain. Elle pourrait toujours essayer de revenir, avec les armes du remords, la complication du péché. Il ne recommencerait pas ce 11 Septembre intime. La décision allait de soi. Bye. Il n'était qu'un adulte d'un certain âge, un divorcé classique, vaguement repenti. Il pensait de plus en plus qu'il pourrait vivre avec lui-même.

Paris reprenait des couleurs. La ville continuait d'exister. Les taxis roulaient avec leurs nouvelles lumières sur le toit. Il sortit beaucoup. Il sortit sans arrêt. Toutes les filles lui rappelaient Charlotte. Où était-elle ? Dans quelle capitale étrangère promenait-elle sa silhouette de quinquagénaire ravageuse ?

Jean-Baptiste l'accompagnait dans ces expéditions-commando. La nuit était leur seule amie. Trop d'alcool. Beaucoup d'idiotes, de conquêtes d'un soir. Pas de quoi se vanter. Jean-Baptiste, rien à dire. Toujours là quand il fallait. Droit, cynique, impeccable. Il perdait ses boulots comme on perd ses clés, ne se plaignait jamais. Il élevait presque seul un fils qu'il adorait, auquel il lisait *Les Trois Mousquetaires* pour l'endormir le soir. Le désespoir incarné, la bonne humeur personnifiée. Très fier de ses poches sous les yeux. Ce petit lâche ne s'était jamais marié. Le champagne les unissait. Jean-Baptiste avait un faible pour le whisky et ne supportait que le vin blanc. Ensemble, ils chiffonnaient les nuits.

Cher Jean-Baptiste. Entre eux, il s'agissait d'une amitié passionnée. Ils n'avaient pas besoin de se parler. Jean-Baptiste était la personne avec laquelle il avait fait les pires bêtises. Dire le plus de conneries possible ne les avait jamais effrayés. Ils avaient compris que dans la vie il fallait avancer comme des bulldozers. Le désenchantement faisait partie des dégâts collatéraux. Il y avait les livres, les restaurants, les maisons de campagne, les hôtels sur la Côte basque. Les hommes seuls, il leur manque toujours quelque chose, mais ils ne savent pas exactement quoi. Malgré les divorces, malgré les enfants, ils menaient une existence de pimpants célibataires. Les femmes, ils n'arrivaient plus à vivre sous le même toit qu'elles. Ils avaient désormais une vie d'occasion. Leur tristesse était toxique. Leur désespoir se mettait sur son trente et un.

Dans un restaurant des quais, Jean-Baptiste dragua la serveuse, une petite blonde rigolote qu'il essaya de ramener chez lui.

Ils allèrent, dans le quartier de l'Étoile à l'anniversaire d'une actrice qui, à part eux, n'avait invité que des homosexuels.

À un dîner dans le XVIe arrondissement, un Australien à qui ils demandèrent pourquoi il était venu s'installer en France leur répondit

« Les femmes ! » sans hésitation. C'était dans un appartement où tout était blanc, les murs, les fleurs, les canapés, même la litière du chat. Jean-Baptiste eut peur qu'on ne leur serve du lait à table. Il y avait un peu de tout : une critique de cinéma qui ne lisait plus les journaux français, un architecte qui se plaignait de ne pas être franc-maçon. Il y avait aussi une blonde qui dirigeait une galerie. Elle revenait de New York, parlait des moines de Tibérine. Est-ce que quelqu'un pouvait lui citer les noms des sept poètes de la Pléiade ? Il s'agissait d'une colle. À eux deux, ils trouvèrent Ronsard, Du Bellay : facile. Clément Marot ? Non, pas Marot. Agrippa d'Aubigné ? Non plus. Elle se moqua de leur ignorance. La critique gardait le silence. L'architecte et l'Australien se turent lamentablement. La maîtresse de maison alluma un joint et dit que son vagin se desséchait quand elle avait fumé de la marijuana. La conversation s'émietta comme une biscotte. La belle blonde fit du hula hoop au milieu du salon.

Il lui dit :

– Vous arrive-t-il d'être triste ?

– Ah non ! J'ai horreur de ça.

Il était sûr de ne jamais la revoir. Elle avait refusé de lui donner son numéro, mais avait noté le sien dans la paume de sa main.

Dans le taxi qui les ramenait, Jean-Baptiste lui dit :

– Dans le fond, toutes tes femmes t'auront quitté pour des types riches.

Il aura aimé les trois. Les trois auront cessé de l'aimer, la première comme l'héroïne de *La Chamade*, la mère de ses enfants comme Bardot avec Piccoli dans le film de Godard, Charlotte comme une je ne sais quoi.

Le chauffeur mit la radio. Une station pour jeunes diffusait « Melody ». Il ne manquait plus que ça.

Ils réveillonnèrent ensemble, dans une ferme du Lot. À minuit et demi, Jean-Baptiste dit : « J'en ai déjà marre de 2011. » Il se prépara un nouveau punch. L'index pointé vers le plafond il déclara : « Le rhum tue l'alcool. » Soudain, il décida de partir pour le Guatemala en prenant un avion de la Varig.

Je suis dans un bar, dans une chambre, dans une femme. C'était Paris, dans les années 2000 et quelque.

Il avait survécu, bordel. L'avenir, il n'en ferait qu'une bouchée. Il travailla d'arrache-pied. Les projets se bousculèrent. Il n'avait jamais gagné autant d'argent. Les journées ne duraient plus vingt-quatre heures. Il n'éprouvait plus de rancune contre Charlotte. Tout ce passé était trop loin de lui. Il recommença à regarder les femmes. Cela ne lui était pas arrivé depuis des siècles. Sa crainte, fondée, était de tomber sur Charlotte, dans une boutique, au cinéma, dans un restaurant. Mais non. Merde, Charlotte, tu ne te rends donc pas compte que je t'oublie ? Pour s'endormir, il comptait les mensonges qu'elle lui avait servis. Par exemple, il n'avait jamais tellement cru que son frère s'était tué en pilotant un avion ni qu'à l'âge de huit ans elle avait séjourné dans un hôpital où il n'y avait que des vieillards. C'était simplement Charlotte qui faisait sa Charlotte.

Charlotte ne hantait plus ses jours et ses nuits. Les fantômes étaient une invention. Par quelqu'un, il apprit qu'elle s'était établie à Panarea. Elle vivait là-bas avec sa mère dans une maison ayant appartenu à un peintre célèbre. Lipari, qu'est-ce qu'elle fabriquait dans les îles Lipari ? Est-elle triste ? Est-ce qu'elle se mord les lèvres, le soir, pour ne pas pleurer ? C'était de l'histoire ancienne. Mort et enterré.

Un matin, il se réveilla en deuil de son chagrin. C'était fini. Quelque chose s'était cassé. Il convoquait l'image de Charlotte et rien ne se passait. Cela le rendit presque désolé. Il eut des pensées moroses. Il haussa les épaules. Il se moquait de savoir ce qu'elle foutait à cette seconde précise. Il n'en revenait pas d'avoir été dans tous ses états à l'idée qu'elle ait des rendez-vous clandestins, qu'elle ait camouflé ses appels sur son portable, inventé tout un tas d'histoires pour justifier ses absences bizarres, son emploi du temps à géométrie variable. Les victimes suivantes, il leur souhaitait bonne chance. Il pourrait même leur prodiguer des conseils, les préparer au pire, anticiper leurs déconvenues. Il les abandonnerait aux appétits de Charlotte. Bon courage, les gars.

Il appela Jean-Baptiste. Ils devaient déjeuner ensemble à Montparnasse. Il traversa les jardins du Luxembourg. Et là, dans l'air doré par les jets d'arrosage, il forma des projets d'avenir.

Elle ne lui avait jamais dit pourquoi elle avait cessé de fumer. Il était un peu tard pour le lui demander.

Il allait lui arriver quelque chose de nouveau. La vie, la vie passée, il en avait gaspillé trop d'instants. Il ne s'était pas rendu compte qu'il s'agissait de l'or du temps. Maintenant, il n'en resterait que des souvenirs de pacotille. Il en eut assez de contempler le vide. Debout. Il se rasa, se doucha. Il se prépara un petit déjeuner d'hôtel. Oranges pressées et croissants. La radio était réglée sur une station de jazz. Le téléphone sonna. Il ne répondit pas. Dehors, l'aube lui parut légère. Il entra dans le premier bistrot qui ouvrait et but un café au comptoir. En sortant, il leva les yeux vers le ciel. Du bleu partout.

Le temps passait au ralenti. Il donna des dîners de célibataires. Le menu ne variait guère : saumon fumé et champagne, glace à la rose, fromage pour ceux qui voulaient. Après, on écoutait des tubes des années soixante-dix et on s'amusait à compter les chanteurs morts depuis. Il y avait toujours quelqu'un qui insistait pour revoir *Le Mépris*. Personne n'avait visité la villa de Malaparte à Capri.

Morts Rory Gallagher et Lucio Battisti. Morte la fille de *Il était une fois*. Disparu Barry White.

Nino Ferrer : une balle dans la tête. John Bonham : étouffé dans son vomi. Kaputt Jack Palance. Georgia Moll aussi, à tous les coups. Et Charlotte ? Chère Charlotte. Chut.

Des mois ont passé. Je suis bien. Accessoirement, j'ai repris du poids. La vie continue, mais sous d'autres couleurs. À part ça, j'ai, comme on dit, rencontré quelqu'un. La fille de la galerie m'a rappelé. Je vous promets que c'est elle qui a rappelé. Est-ce que je me souvenais des sept poètes de la Pléiade ? Je fus incapable de réciter la liste. Apparemment, elle ne m'en a pas voulu. Elle habite un rez-de-chaussée rue du Cirque et récite des passages entiers de *Phèdre*. J'ai tout de suite aimé sa façon de souffler un baiser pour dire au revoir. Plus personne ne faisait ça. Un dernier détail : elle s'appelle Charlotte. Je jure que je ne l'ai pas fait exprès.

DU MÊME AUTEUR

Aux Éditions Albin Michel

LETTRE OUVERTE À FRANÇOIS TRUFFAUT, 1987.

LES HANCHES DE LAETITIA, prix Roger-Nimier, 1989.

ACTUALITÉS FRANÇAISES, 1992.

COMME HIER, 1993.

LA PETITE FRANÇAISE, prix Interallié, 1997.

CHAMPAGNE !, 1998.

UN BIEN FOU, Grand Prix du roman de l'Académie française, 2001.

QUAND LES BRASSERIES SE RACONTENT, 2006.

PENSION ALIMENTAIRE, 2007.

Chez d'autres éditeurs

PRÉCAUTIONS D'USAGE, La Table Ronde, 1982.

UN TRIOMPHE, Olivier Orban, 1984.

NOS AMIES LES LETTRES, Olivier Orban, 1984.

DES GENS IMPOSSIBLES, prix Kléber-Haedens, La Table Ronde, 1986.

LA SÉANCE DU MERCREDI À 14 HEURES, La Table Ronde, 1998.

PAS TROP PRÈS DE L'ÉCRAN (avec Patrick Besson), Le Rocher, 1993.

MICHEL DÉON, Le Rocher, 1994.

BARBE À PAPA, Belfond, prix des Deux-Magots, 1995.

HISTOIRE DE FRANK, Fayard, 2003.

LES INSOUMIS, Fayard, 2009.

Composition IGS-CP
Impression CPI Bussière en décembre 2011
à Saint-Amand-Montrond (Cher)
Éditions Albin Michel
22, rue Huyghens, 75014 Paris
www.albin-michel.fr

ISBN : 978-2-226-23835-1
N° d'édition : 20026/01. – N° d'impression : 113618/1.
Dépôt légal : janvier 2012.
Imprimé en France.